EAUX-FORTES

ET

BURINS

FUSAINS

ET

PASTELS

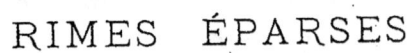

RIMES ÉPARSES

LOUIS GUIBERT

RIMES ÉPARSES

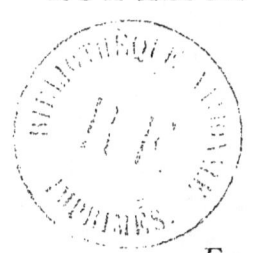

Eaux-Fortes et Burins

Fusains et Pastels

MARSEILLE

LIBRAIRIE MARPON & FLAMMARION	TYPOGRAPHIE & LITHOGRAPHIE
H. AUBERTIN ET Cⁱᵉ	J. CAYER
34, Rue Paradis, 34.	57, Rue Saint-Ferréol, 57.

1894

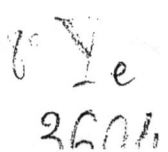

Imprimé pour

LIVRE PREMIER

EAUX-FORTES ET BURINS

AVANT-PROPOS

CE livre, je le fis pour moi,
    Au jour le jour et sans méthode,
    Mais non sans peine et sans émoi,
    Ce livre, je le fis pour moi,
Comme la fourmi son charroi
Pour l'hiver dans la saison chaude.

Que de fois je l'ai compulsé,
    Corrigé ce petit volume
    Qui fait revivre le passé.
    Que de fois je l'ai compulsé
Et me suis senti délassé
Aux douleurs même qu'il exhume.

Je le gardais d'un œil jaloux,
Comme ces dévotes images
Que l'Église veille à genoux.
Je le gardais d'un œil jaloux,
Et mes amis, encor pas tous,
Seuls, en savaient quelques passages.

C'est pourtant lui que j'ai livré,
Ce livre qui la fit sourire,
Où, si bien aussi, j'ai pleuré,
C'est pourtant lui que j'ai livré
A l'éditeur qui l'a paré,
Invitant chacun à le lire.

Sans y faire plus de façons,
Quand le duvet se change en plume,
Les alouettes, les pinsons,
Picorant aux riches moissons,
Égrènent au ciel leurs chansons
Et pour tous leur gaîté s'allume.

Cependant j'ai comme un remords
De pousser ainsi ma nacelle
Si petite, si loin des bords.
La mode est aux navires forts ;
Aujourd'hui Colomb, dans nos ports,
Verrait pourrir sa caravelle.

Et puis, le sais-je où nous allons ?
Les audacieux, les habiles
N'ont jamais montré les talons ;
Et, dominant les épis blonds,
Les lauriers couvrent les vallons
Où dort la Grèce aux Thermopyles.

PRÉFACE

~~~~~~

A travers les splendeurs du rêve et de l'espace,
Je vais où va la Muse, insouciant du but ;
Une étoile qui file, un papillon qui passe,
Comme vont se perdant les doux accords du luth.

Non, ce n'est pas ainsi qu'on s'élève au Parnasse.
Il faut d'autres efforts pour gravir son talut ;
Mais, dès qu'au front pâli le laurier d'or s'enlace,
On a vite oublié la peine qu'il fallut.

Jamais, à la légère, on ne fit rien qui vaille.
La poire qui mûrit lentement sur la paille
N'a pas l'éclat doré du petit fruit primeur,

Qu'un pampre faux couronne en cachant sa maigreur ;
Mais tout en elle est sain, et, de sa masse ronde,
Coule un jus concentré qui de parfums abonde.

AU LECTEUR BÉNÉVOLE

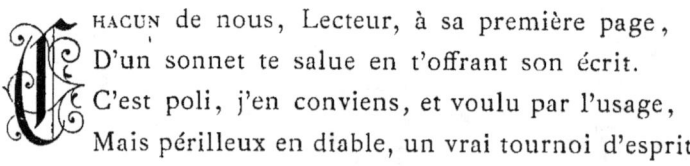

HACUN de nous, Lecteur, à sa première page,
D'un sonnet te salue en t'offrant son écrit.
C'est poli, j'en conviens, et voulu par l'usage,
Mais périlleux en diable, un vrai tournoi d'esprit

Où, sans quitter le port, on risque le naufrage,
Dédale où s'est perdu déjà plus d'un conscrit...
Phryné le fit moins long devant l'Aréopage :
La belle ouvrit l'écrin et la perle sourit.

La moitié du succès est dans la confiance.
Si tu doutes de toi, que veux-tu que j'en pense ?
Certes je pourrais bien n'être pas de ton goût ;

Nous n'appartenons pas, tous, à la même église ;
Du moins mon livre est propre et j'ai soigné sa mise
A pouvoir décemment le présenter partout.

LAI

Coureur hors d'haleine,
Pourquoi tant de peine,
    D'efforts ;
Pourquoi tant de peine
Pour traîner ta chaîne,
    Le corps ?

Pour traîner ta chaîne
Par monts, vaux et plaine
    Si fort ?
Par monts, vaux et plaine
Qu'on muse ou qu'on peine,
    La mort.

Qu'on muse ou qu'on peine
Pas plus tôt ne mène
    Au port,
Pas plus tôt ne mène
Où l'âme sereine
    S'endort.

A FRÉDÉRIC MISTRAL

'EST la chasse aux écus, la chasse aux millions :
Dogue et roquet, chien noble et galeux de la rue,
Toute la meute est là sur la bête courue
Et chacun veut y mordre une part de lion.

Mais le poète a fui. Plus haute ambition
Germe aux fières ardeurs de son âme ingénue
Et son œuvre grandit et monte vers la nue,
Comme Thèbes jadis aux accords d'Amphion.

La muse a des souris que le vulgaire ignore.
Mistral, toi qui les sais, que ton hymne sonore
Les dise à l'univers. Donne, fille du ciel,

Donne-lui ce baiser où ton amant se pâme ;
Où, nouveau Prométhée, il va ravir la flamme
Qui crée et vivifie et qui rend immortel !

ENVOI

Parmi les fleurs qu'on jette au devant de ses pas,
Si le triomphateur, par hasard, en prend une,
La fleurette choisie a la bonne fortune
    De fuir un vulgaire trépas ;

    Et tandis que, sous la poussière
    Et les mépris du balayeur,
    Les autres meurent dans l'ornière,
    Notre fleurette, toute fière,
    Se pavane à la boutonnière
    Du généreux triomphateur.

Mon sonnet tombe ainsi dans ta marche acclamée.
Mistral, pourrais-tu pas en passant te baisser ?
    C'est l'éclatante renommée,
    C'est la gloire avec sa fumée,
    Si tu daignes le ramasser.

LA BUCHERONNE

Odelette à CLASTRIER, sculpteur.

⁓⁓⁓⁓

ALERTE ! ma bûcheronne.
      Le coq sonne
La diane à son sérail.
   Tu te couchas la dernière ;
      La première,
Je te retrouve au travail.

Il faut qu'elle ait sa michée
      Ta nichée
Et la soupe du matin ;
Il faut qu'en partant, le maître
      Puisse mettre
La pitance dans son pain.

Souffle donc à la brindille
    Qui pétille
Illuminant le foyer,
Tandis qu'au bois se dessine
    Ta main fine
Qui le tord et fait ployer.

Le bruit s'éveille à la ferme :
    Le sol ferme
Des remises et des cours,
Avec l'araire et sa chaîne,
    Que l'on traîne,
Résonne sous les pieds lourds :

C'est le labeur qui commence,
    Dur, intense,
Sur la montagne et les champs.
Mais, de toute cette peine,
    Sort sereine
L'âme de nos paysans.

Ainsi, plus fraîche et plus douce,
    La fleur pousse,
Où les hivers ont passé ;
Plus doux aussi le sourire
    Nous attire
Quand le cœur s'en va lassé.

Clastrier, qui fut ton modèle ?
          D'où vient-elle,
Ta bûcheronne aux reins forts ?
Quel est l'astre qui la baise
          Tout à l'aise,
Sur quelle cime ou quels bords ?

Qu'importe ! Elle est là, puissante,
          Frémissante
Sous les coups de ton ébauchoir,
Dans sa robe de futaine,
          Gorge pleine,
Accorte, splendide à voir.

Ils seront puissants comme elle,
          Sous son aile
Ses poussins iront grandir.
C'est dans ta veine vermeille
          Que sommeille,
O peuple, notre avenir !

Fuyant les plaisirs stériles
          Et fébriles
De nos amours épuisés,
Il faut qu'elle se reprenne
          A la peine
Notre âme aux ressorts usés.

UNE VISITE A LA FORGE

A Dominique REBITÉ.

~~~~~~

Quand la nuit nous invite au repos bienfaisant,
Qui va peinant encor ? N'est-il pas suffisant
L'effort de tout un jour pour accomplir la tâche
Et quelle œuvre poursuit ce labeur sans relâche?...

Soc ou glaive, c'est toi, fer civilisateur,
Que l'on enfante aux bruits d'une sainte clameur.
C'est la forge où bondit le marteau sur l'enclume,
La forge dont le souffle en s'échappant s'allume.

Vulcain, ton règne s'ouvre ! A toi, qui le premier
Sus d'un minerai mort tirer le vif acier,
Salut ! L'homme n'était qu'un animal infime
Et la terre elle-même une ébauche sublime,
Quand tu donnas l'outil qui, dans nos mains placé,
Achèvera de Dieu l'ouvrage commencé.

Regarde : es-tu content des progrès de ton œuvre ?
Vois ce monstre ramper, noire et longue couleuvre ;
La fumée et le feu sortent de ses naseaux
Et ses sifflets aigus ébranlent les coteaux.
Ne crains rien. C'est pour nous qu'il dévore l'espace.
Le marin a brisé cette rame qui lasse
Et la nef n'attend plus les caprices du vent ;
En vain le mont se dresse, en vain la mer s'étend,
La foudre obéissante, en esclave empressée,
Courant sur le métal a transmis la pensée ;
Où donc s'arrêtera ce gigantesque effort ?
Le scalpel du savant a fait parler la mort...
Ce rêve des Titans, cette route cachée,
Que Babel autrefois a vainement cherchée,
L'aurions-nous donc enfin, et l'homme audacieux
Irait-il pénétrer les mystères des cieux ?

Je ne m'étonne plus du labeur grandiose ;
En mesurant l'effet on juge de la cause.
L'arbre déraciné raconte l'ouragan ;
La mort la poudre : à l'œuvre on connaît l'artisan.

Je puis franchir ton seuil et fouler tes portiques,
Temple du travail fort où les voix prophétiques
D'un avenir nouveau disent leurs mâles chants
Et règlent leur cadence au bruit des marteaux lents.
Ici ne brûle pas un encens inutile
Et le prêtre, ouvrier, de sa sueur fertile
Mouille l'autel du dieu. Non plus ce ne sont pas
Peintures sur les murs et marbres sous les pas :
C'est un vaste hangar dont la charpente nue
Dresse les bras puissants. Dans la forêt chenue
Ainsi vont s'élançant et s'arc-boutant entre eux
Les rameaux des vieux pins et des chênes noueux.
Quel burin, quel pinceau retracerait l'ensemble
De ces engins divers ?... Le sol gémit et tremble
Et, par l'air, va roulant une étrange rumeur ;
C'est le souffle brisé que pousse la vapeur,
Le cri de la cisaille et, ce géant de pierre,
Le fourneau qui rugit par l'ardente tuyère ;
Que le ringard y fouille, il vomit à grands flots
La fonte, comme fait la fontaine ses eaux.
Tout à coup on dirait un immense incendie.
Ah ! quel rude travail dans cette œuvre hardie !
Devant le four en feu, le corps à demi nu,
C'est le pudleur brassant le fer enfin venu ;
C'est le cingleur couvert de l'armure pesante
Qui tient sous le pilon la pâte incandescente.

La lutte va finir. Comme un serpent se tord
Sous le pied qui l'écrase et le laissera mort,
La barre de métal, au laminoir pressée,
S'allonge et se replie; enfin, terne et lassée,
Elle tombe devant le manœuvre apprenti
Qui la classe en un coin, la traînant après lui.
Tout travaille et se meut et je ne sais en somme
Qui, des ressorts d'acier ou des muscles de l'homme,
Fait l'effort le plus grand?
                              Ainsi, front nu, j'allais,
Suivant avec respect ces combats de la paix.

Mais je ne suis pas seul spectateur de la scène.
Oisif en apparence, un homme se promène ;
Son œil intelligent domine, embrasse tout.
Cet homme, quel est-il? Que fait-il là debout?
Cet homme, ô travailleur! est ton maître et ton frère.
Le travail vous unit de son étreinte austère;
Vous en portez tous deux le stigmate fécond,
Toi, les muscles saillants, lui les rides au front.
Que vous êtes bien faits pour savoir vous comprendre!
Travailleur, monte à lui; tu vois sa main se tendre.

Quand la discorde souffle au cœur des nations
Et que les laboureurs, arrachés aux sillons,
Quittent le soc utile et s'arment de l'épée ;
De larmes et de sang quand la terre est trempée,

Un homme est aussi là, hors des rangs décimés,
Et, bien que ses deux bras se croisent désarmés,
Il saura mieux que tous le poids de la journée ?

L'Aurore paraissait de pourpre couronnée
Et les monts se doraient aux premiers feux du jour,
Quand je pris, à regret, le chemin du retour.
Dans la plaine déjà chacun court à l'ouvrage.
Le bouvier de la voix presse son attelage,
Tandis que, devant lui, s'élevant du sillon,
L'alouette au matin sonne son carillon ;
L'abeille qui bourdonne, à chaque fleur butine ;
Le fer du bûcheron frappe dans la colline ;
Et, sur la route, au loin, les pesants chariots
Cheminent lourdement au bruit clair des grelots.
Partout encor je vois le travail dur, utile.
Quel instinct donc te pousse, ô nature fertile ?
Vers quel but tendez-vous, efforts longs et constants ?
Quel monde sortira de nos mondes présents ?

VOLEUR & CIE

MAISON DE DÉCORATION

VENTE, achat de rubans : Voleur et compagnie.
Et, toi, qui fus pour nous, grâce au Martyr divin,
Symbole de la foi, de l'honneur, du génie,
Tu deviens leur monnaie au marché clandestin.

L'appoint que l'on suppute ; outrageante ironie,
O croix du Golgotha, toi qu'au cirque latin
Les chrétiens invoquaient dans leur grande agonie,
Céleste labarum, drapeau de Constantin ;

J'appris à t'honorer sur la noble poitrine
Du savant, du soldat, sur la bure ou l'hermine :
La gloire a passé là, tu tombas de ses plis.

Mais, pour ces trafiquants, dressez-vous, croix de honte!
Au vieux gibet des juifs qu'on les lie et les monte,
Conspués, des chiens même insultés et salis.

1887 - 1888.

PRESSENTIMENT

POURQUOI m'en voudriez-vous d'une larme indiscrète
Qui de mes yeux, tantôt, sur votre main roula ?
Madame, écoutez-moi ; — d'abord, la paix est faite,
Et, puisqu'il faut parler, ma peine, la voilà :

Un soleil trop brûlant annonce la tempête ;
Mon bonheur est trop grand et j'ai peur de cela.
Vous avez beau douter et beau hocher la tête,
La raison de ce pleur, bien sûr, est toute là.

C'est un poids à porter lourd que l'expérience.
Mon été va finir, votre printemps commence,
Vous n'avez encor vu que fleurs sur le chemin.

De retours imprévus la vie est toute pleine
Et mon œil trop savant entrevoit trop certaine
Dans le plaisir présent la douleur de demain.

LA MAURELLE

A Théodore Roustan.

J'ai voulu la revoir cette verte Maurelle,
Où septembre autrefois nous trouvait rassemblés;
Buis, lierre et cyprès, tout ici me rappelle
    Les beaux jours envolés...

Voilà ces oliviers à la feuille cendrée,
Et la tonnelle à gauche, et la vigne qui court
Suspendant au dessus de la grand'cour murée
    Son fruit brillant et lourd.

Me reconnaissez-vous, coteaux où notre enfance
S'ébattit au soleil en pleine liberté ?
Écho, répète-moi l'hymne d'insouciance
    Que nous avons chanté !

Coquelicots pourprés dont la tête rayonne
Au dessus des blés verts et du vieux cep noirci,
N'est-ce pas vous qu'hier nous tressions en couronne
    Pour la jeune Nancy ?

Oui, salut ! terre forte, inépuisable Rhée,
Toi qui sais dans la mort rajeunir tes appas !
La vie est là qui coule et son onde sacrée
    Bouillonne sous nos pas.

Si tout meurt, tout renaît : éternel artifice !
A peine a-t-il fleuri le buis ou l'églantier
Qu'avant le soir déjà plus d'un pâle calice
    A jauni le sentier.

Mais d'autres fleurs viendront sourire sur la branche,
Et que la branche meure et meure l'arbre aussi,
Mai prochain n'en aura pas moins sa robe blanche
    Et dans mille ans d'ici.

Mais, qui, sur nous, Théo, soufflera son haleine
Et quel est le printemps qui nous rajeunira ?
Faut-il l'abandonner, l'œuvre commence à peine,
        Qui donc l'achèvera ?

Dis-le moi : qu'en sais-tu ? l'homme est-il quelque chose
En dehors du grand tout qui l'enserre ici bas ?
Sais-tu ce que devient le parfum de la rose,
        La fraîcheur des lilas ?

LE GOLFE DE LA CIOTAT

A mon Cousin N.-H. Chave.

Un, deux, d'abord; puis, la famille,
Comme pigeons du colombier.
Les bateaux sortent. La flottille,
Qui se resserre et s'éparpille,
Double la tour du Canoubier.

Elles iront, les blanches voiles,
S'effacer dans l'azur bruni
Où déjà brillent les étoiles,
Paillettes d'or sur sombres toiles,
Scintillement de l'infini.

3

Les vagues rumeurs de la ville
S'éteignent dans l'air apaisé
Et, montant de la mer tranquille,
Une vapeur moite et fertile
Descend sur le sol embrasé.

C'est l'heure où l'amour qui s'éveille
Tressaille au calice des fleurs ;
La sève ira mûrir la treille
Et, pour désaltérer l'abeille,
Le ciel nous versera ses pleurs.

C'est la nuit d'août tiède et clémente
Pour le pauvre déshérité ;
C'est l'oasis où l'eau serpente,
Le calme après la lutte ardente,
C'est la splendide nuit d'été.

A HONORÉ BOZE

Peintre.

~~~~~~~~~~

HAUT sur ta selle africaine,
      Toi, qui mène
   Ta cavale à l'abreuvoir,
      D'où viens-tu, brillant centaure,
   Turc ou maure,
Ton grand fusil en sautoir ?

Viens-tu de la plaine blonde
      Qui s'inonde,
Là bas, des flots du soleil,
Où s'étale, en découpure,
      La ramure
Du dattier droit et vermeil ?

La terre au lion superbe !
   Dans son herbe
Pait l'éléphant monstrueux,
Tandis que le sphinx achève
   Son long rêve
Près du Nil, silencieux ?

Salut, splendide mirage,
   Belle image
De ce noble et grand pays
Où les Augustin vécurent,
   Où moururent
Régulus et saint Louis...

Je connais cette main preste,
   Fine, leste,
Qui m'a brossé ce tableau ;
Bien vainement son caprice,
   Sa malice
Chercherait l'incognito.

Ainsi, lorsqu'à la vesprée
   Empourprée,
L'oiseau jette ses chansons,
Sans distinguer le plumage,
   Au ramage
On reconnaît les pinsons.

On signe de sa palette
        Sans qu'on mette
Aucun Boze dans le coin.
C'est la fleur qui vient d'éclore
        A l'aurore ;
Son parfum l'annonce au loin.

Rappelle-toi cette esquisse
        Qui se glisse
Dans l'œuvre du Piombino :
Espérant donner le change,
        Michel-Ange,
Un jour, brossa le panneau.

L'élève, après la visite,
        Dit de suite :
« C'est lui ! le maître est venu ; »
Et, plus rien n'osant y peindre,
        La fit ceindre
D'un cercle d'or au mur nu.

Et l'esquisse respectée
        Est restée,
Où, depuis quatre cents ans,
Le monde est là qui l'admire.
        Quel empire
Le génie a sur le temps !

A CHALLEMEL-LACOUR

Ton discours, Challemel, qu'on le placarde ou non,
Nous l'avons dans nos cœurs, ça vaut mieux qu'aux murailles
Et, sortant, à ce bruit, de sa torpeur sans nom,
La France a tressailli jusqu'au fond des entrailles.

Ainsi le camp s'éveille à la voix du clairon,
Quand l'aube luit au jour des suprêmes batailles ;
C'est au sénat français l'écho de Cicéron,
Le tocsin du salut, le cri des représailles.

Nous en avons assez de ces Catilina,
Assez de leur César à la sotte équipée.
Où donc essaya-t-il cette fameuse épée

Qui voudrait nous cueillir les lauriers d'Iéna ?
République, oisillon facile à la pipée,
Seras-tu donc toujours l'éternelle dupée ?

A MOUTTE

Peintre.

S ı j'avais à choisir, Moutte, parmi vos toiles,
Je prendrais *les Pécheurs*. Au beau ciel des étoiles,
        Sait-on pourquoi
Celle qui n'a souvent qu'une modeste flamme,
Plus que d'autres attire et nous agite l'âme
        D'un doux émoi ?

Oui, vrai, si je savais chanter, comme vous peindre,
J'essaierais à mon tour leur idylle et, sans craindre
        De détonner,
Je dirais à quel dieu, marin et marinière
Iront, au doux appel de l'aube printanière,
        S'abandonner......

Phébus, à son lever, vient d'éclairer la scène.
On sent le maître à l'aise en son brillant domaine
      Et, devant lui,
Laissant les cieux ouverts aux audaces du rêve,
Ainsi qu'un doux rideau que notre main soulève,
      La brume a fui.

Les pieds pendant au mur, comme un beau fruit qui penche
Dans sa maturité, splendide sur la branche
      Qui l'a porté,
La jeune fille attend... O nature immortelle !
Pour ta fin inconnue allume l'étincelle
      De sa beauté !

Acres senteurs des flots, frémissements de l'onde,
C'est Vénus-Astarté qui vient sourire au monde,
      C'est le réveil,
L'irrésistible essor de l'âme prisonnière
Qui s'échappe et s'élance aux sources de lumière,
      Monte au soleil !

Ah ! pourquoi, ces jours-là, l'aiguille court si vite
Et, sur l'homme étonné que le plaisir invite,
      La nuit descend ?
Où donc s'étanchera la soif qui le dévore ?
Verra-t-il s'éclairer une seconde aurore
      Au ciel clément ?...

LE RÊVE SUR LE DIVIN

A Madame Juliette ADAM.

Qui donc berce ainsi mon attente,
Amuse mes sens égarés ?
Quel mirage me rend ceux que j'ai tant pleurés ?
Qu'importe ! j'ai levé vers eux ma main tremblante
Et, sur ma poitrine brûlante,
Illusion douce et troublante,
Je les tiens encor tous serrés.

C'est l'aïeul au visage austère,
C'est le sourire de la mère,
C'est l'enfant toute belle encor,
    Et la lumière
    Qui l'éclaire
Cercle son front d'un limbe d'or.

Qui vous ramène, images chères,
Ombres de ceux qui ne sont plus ?
Serait-il quelque part un ciel pour les élus
Où parviendrait le bruit de nos plaintes amères ?...
Où roulent ces sublimes sphères,
Où doivent aller nos prières
Pour que nos cris soient entendus ?

Ames errantes, immortelles,
Éblouissantes étincelles,
L'éther s'allume à vos clartés :
Sous les dentelles
De vos ailes,
Se calment les cœurs irrités.

Aux jours de la désespérance,
Quand l'homme accablé par le sort,
Lutteur vaincu, s'affaisse, incapable d'effort,
Qui n'a pas deviné votre douce présence
Et, sous le ciel muet, immense,
Saisi dans le morne silence
Votre voix promettre le port ?

Le port ! la rive désirée,
La terre promise et sacrée
Où l'attendent les trépassés,
Belle empirée
Empourprée
Où vont ceux qui nous ont laissés.

Oui, chante en nous, chante sonore,
Doux espoir qui vient me saisir.
Peut-elle, une ombre vaine, éveiller mon désir ?
Pour qui s'allumerait le feu qui nous dévore ?
     Pourquoi vous aimerais-je encore,
     Si cette mort n'est pas l'aurore
     Ouvrant les cieux de l'avenir ?

Dans sa marche qui tourbillonne,
Creusant le sol qui l'emprisonne,
Las de mordre à nos champs usés,
     Ainsi le Rhône
        Abandonne
A la mer ses flots apaisés.

Je crois en toi, source féconde
De lumière et de charité,
Et, quel que soit le nom, superbe déité,
Qu'on te donne, partout, sur la terre et sur l'onde,
     Je te sens vivre, âme du monde,
     Mais, du beau soleil qui l'inonde,
     L'aveugle a nié la clarté.

Le néant peuplerait l'espace !
Où s'en irait tout ce qui passe ?
Où vont tant d'êtres adorés ?
     Où va la grâce
        Qui s'efface ?
Où s'en vont nos rêves dorés ?

L'HIRONDELLE

 i le vieux mur s'écroule au souffle des hivers,
Au retour du printemps, l'hirondelle, étonnée,
Longtemps promènera son ombre par les airs.

Ce n'est plus que débris. La place est ruinée.
Où donc est ce doux nid qui hâta son retour ?
Mais aux regrets sans fin est-elle destinée ?

Sa grande aile si fine, avant la fin du jour,
L'aura portée ailleurs, où la belle attendue,
A des abris plus sûrs confiera son amour.

Dieu, donnez cette force à ma raison rendue
Et, si mon verre plein s'est brisé sous mes doigts,
Laissez-moi recueillir la liqueur répandue.

L'espoir passe en chantant, je veux suivre sa voix.

A LEUCONOÉ

Tu ne quœsieris...

~~~~~~~

N e le demande pas ce qui nous reste à vivre,
La recherche en est vaine et fatigue les cieux
Dont l'arrêt immuable à nul mortel se livre.
Cueille l'heure présente; usons-en pour le mieux.

Que la Parque nous garde une quenouille pleine,
Ou qu'il soit, cet hiver, notre hiver le dernier,
Tenons l'espoir en laisse, et de court, sur l'arène
Où le flot dur se brise, effroi du nautonier.

Le bonheur naît et reste où nous savons le mettre ;
Le demander au loin, c'est l'affaire des fous ;
Mais compte avec le temps dont tu n'es pas le maître
Et qui n'est déjà plus dès qu'il arrive à nous.

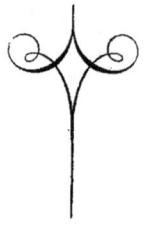

AU BAL

Pour une odelette,
Ou deux, qu'on me prête,
Qu'aussi bien je fis,
Serais-je poète ?
Las ! je ne le suis ;
J'en souffre et pour cause,
Car, si je l'étais,
Je sais une chose,
Que dire, je n'ose
Et que je dirais.

Si j'étais poète,
Dans ce tête-à-tête
Que le bal permet,
Quand chacun coquette,
Serais-je muet ?
Cent fois, plutôt mille,
Je me suis juré
D'étre plus habile,
Serment inutile,
Au gosier serré

Ma parole expire.
Mais, ce que vous dire
Je n'ose et penser,
Le vers en délire,
Sans peur d'offenser,
Le chante et répète.
Pourtant si j'osais,
Ma peine inquiète,
Si longtemps muette,
Je vous la disais ?

L'œil où perce l'âme,
Bleu qu'il soit, s'enflamme
Parfois de courroux :
Si j'allais, madame,
L'exciter en vous ?...

Alors, qui m'assure
De votre pardon?
Puis, de sa nature,
Sans lui faire injure,
L'amour est poltron.

Mais, c'est la reprise,
Sentez-vous la brise
Qui naît sous les pas
Des valseurs que grise
L'orchestre en éclats?
La jupe s'envole
Du parquet branlant:
C'est la danse folle!
Et, sur votre épaule,
Bat mon cœur tremblant...

La perle irisée
Descend embrasée
Devant les seins nus,
Des pleurs de rosée,
Aux lis retenus?
Et, blanche fumée,
Montant dans les airs,
La gaze animée
S'agite embaumée
Du parfum des chairs!

Si ce n'est qu'un rêve,
Dieu ! qu'il ne s'achève !
Rêvons-le toujours.
Viens, que je t'enlève
Où sont les amours...
« C'est de la démence !
Parlez donc plus bas. »
Je croyais, Laurence,
Que, toute à la danse,
Vous n'écoutiez pas.

LA FALAISE

AINSI de nos désirs sans cesse repoussés,
Disais-je, en regardant les grands flots courroucés
Battant avec fracas la falaise sonore ;
Ils montaient, descendaient pour remonter encore.
Ah ! pourquoi tant de peine et pourquoi tant d'efforts ?
Et, tandis que, pensif et penché sur les bords,
Je suivais du regard cette course impuissante,
Une voix s'éleva sortant de la tourmente.

C'était le premier flot qui disait au second :
« Pousse, frère, aide-moi ; j'arrive de ce bond! »
Mais, aussitôt brisé sur les parois superbes,
Il tombait en arrière en écumantes gerbes.

Ainsi de nos désirs sans cesse repoussés,
Disais-je, en regardant les grands flots courroucés.

Lorsqu'une goutte d'eau, limpide et lumineuse,
Lasse enfin de courir cette course orageuse,
Abandonna la lutte et sourit au soleil,
Un rayon la saisit ; un nuage vermeil
Monta la déposer sur la plus haute cime
D'un genêt tout en fleurs qui pendait sur l'abîme.
Je l'entendis alors qui disait à ses sœurs :
« Croyez-moi, renoncez à ces vaines fureurs :
« C'est en cherchant plus haut que vous aurez la route.»
Les flots rampaient toujours. La raison, qui l'écoute ?
Ainsi de nos désirs sans cesse repoussés,
Disais-je en regardant les grands flots courroucés.

ENVOI

A Madame F. MONIER.

Qu'elle rie au printemps ou pleure avec l'hiver,
La nature nous parle et son livre est ouvert.

Heureux qui, comme vous, madame, sait y lire.
Aussi vos doux bravos sont l'heur auquel j'aspire,
Et j'ai, pour un tel prix, avec un soin jaloux,
Voulu que ces dizains fussent dignes de vous.
Aurai-je réussi ?... J'y retrace, fidèle,
Un entretien surpris et sur le champ noté
Au pied de ce Roucas que vous avez chanté...
Les flots poursuivent là leur querelle éternelle.

Qu'elle rie au printemps ou pleure avec l'hiver,
La nature nous parle et son livre est ouvert.

LES VENDEURS DU TEMPLE

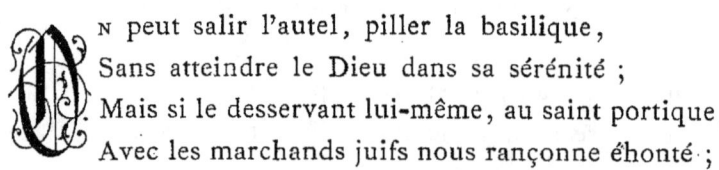

On peut salir l'autel, piller la basilique,
Sans atteindre le Dieu dans sa sérénité ;
Mais si le desservant lui-même, au saint portique,
Avec les marchands juifs nous rançonne éhonté ;

Quand tous ces traficants de l'épargne publique
Forcent le tronc du pauvre et du déshérité,
Il faut plus que le fouet à ce monde cynique :
France, lève le fer qui brille à ton côté !

Oui, ton fer justicier, République immortelle.
Et qu'importe qu'ils soient encor chauds de ton aile !
Rome au sang des Brutus sacra son avenir.

Frappe ! — Le bois pourri demande la cognée,
Et c'est à son tranchant et de sève baignée
Que la vieille cépée arrive à s'assainir.

A PHILIPPE JOURDE

LES PLANTATIONS DE CARRY

Vous plantez et moi je rime ;
Certes ce n'est pas un crime,
Mais on a des envieux.
« Voyez, disent-ils, ces vieux

« Dont le maigre effort s'escrime
« A cheviller sur l'abîme
« Qu'ils ont béant sous les yeux.
« Qu'à Saint-Pierre ils seraient mieux ! »

Nous allons les laisser dire :
Planter, rimer, doux délire,
Est-il rien de plus exquis ?

Dans le rêve et sous la feuille,
Un fruit que toujours on cueille,
C'est l'espoir aux doux souris.

ENVOI

Le voici, cher Monsieur Jourde,
Mon sonnet, tout frais pondu ;
Je le crois sans faute lourde,
Mais vous l'avez attendu !

Hélas! je n'ai plus ma gourde
Pleine comme au temps passé,
Et la Muse, hôtesse sourde,
De son débit m'a chassé.

Décidément, Cartier m'avait trop encensé.

A MESSIEURS DU PARLEMENT

A E. BARTHELET

~~~~~~

Il me souvient d'un jour qu'espiègles écoliers,
Nous venions de briser la férule importune,
Quand le maître, arrivant, courut vite aux halliers
Et, dans des bois plus durs, en tailla deux pour une.

C'est notre cas encore. Alors que par milliers
Montent les mécontents comme flots sur la dune,
Que peut faire un de moins parmi ces cavaliers
Que Brumaire impuni convie à la fortune ?

Certes, je ne viens pas implorer leur pardon.
La dernière aventure a besoin de leçon ;
Mais qu'on panse le membre où s'ouvre la blessure.

Ils ne sont pas le mal, ils n'en sont que l'effet.
Ainsi le ver se glisse aux chairs dont il pâture,
Lorsque s'en va la vie et que la mort se fait.

L'OCÉAN

Que les vents déchaînés précipitent les ondes;
Sortez de vos sommeils, immensités profondes !

Océan, tu me plais. Mon esprit en repos
S'y berce au branle fier de tes puissantes eaux.
C'est le miroir magique où l'âme s'hypnotise.
Que le soleil t'inonde ou que la lune exquise
Laisse tomber sur toi, de son disque changeant,
Le fleuve lumineux de ses clartés d'argent,

Je t'aime et ta senteur âcre qui me pénètre
Allume dans mon cœur la soif de te connaître,
Maîtresse aux durs souris, mer au souffle salé,
Où ma bouche s'épure, où mon sang est brûlé.

Que les vents déchaînés précipitent les ondes ;
Sortez de vos sommeils, immensités profondes !

Il eut le cœur hardi, bardé d'un triple acier,
L'homme ou le dieu, Neptune ou Jason, le premier
Qui, sur un bois fragile et flottant d'aventure,
Osa, noble héros, défier la nature.
Ces temps sont loin de nous. Aujourd'hui l'univers
S'écourte à volonté sous nos engins divers ;
Mais qui peut se flatter de tenir sa nacelle
Sans cesse en équilibre au sommet qui chancelle ?
Arrivé sur le faîte, on est tôt descendu :
Hélas ! dans l'œil qui rit le pleur est suspendu.

Que les vents déchaînés précipitent les ondes ;
Sortez de vos sommeils, immensités profondes !

Vers ces lointains brillants où glisse l'alcyon,
Si loin que peut aller le rapide rayon ;
Si loin emporte-moi, brise douce ou tempête,
Qu'enfin mon cœur lassé dans son désir s'arrête.

Si c'est la lutte ardente et l'incertain combat,
C'est aussi la   victoire à l'enivrant éclat ;
Et, devant ce besoin de la nature humaine
De s'agiter sans cesse, en mon cœur j'ai douté,
O ciel, de ton bonheur fait d'immobilité !

Que les vents déchaînés précipitent les ondes ;
Sortez de vos sommeils, immensités profondes !

A FANNY

C'EST Fanny, me disait fièrement votre mère,
Et j'étais ébloui comme on l'est au soleil,
Tandis que vous passiez, éclair dans la lumière,
Sous le lustre vermeil.

Comment ! cette valseuse à la course rapide,
Qui brûle le parquet et ne sait plus d'écueils,
C'est donc vous, ma Fanny, ma jeune enfant timide,
Se tenant aux fauteuils !

Dans son cycle mouvant, l'éternelle nature
Nous emporte et jamais ne s'arrête un seul jour.
C'est le rose pêcher qui s'enfle en sa ramure
    Et s'éclate d'amour.

La branche va s'ouvrir que déjà l'heure sonne
Où la fleur tombera pour faire place au fruit;
Et, quand le fruit est mûr, lorsqu'arrive l'automne,
    L'hiver est là qui suit.

L'hiver, c'est la vieillesse et ses vertus moroses.
Cueillons vite, en passant, ce qui manque là-bas.
Tôt passe la saison où fleurissent les roses,
    La saison des lilas.

Allons et des deux mains qu'on dépouille la branche ;
De ces neiges d'avril laissez-nous vous charger,
Attendant qu'on vous fasse une couronne blanche
    Des fleurs de l'oranger.

Je vieillis : mais, devant votre belle jeunesse,
En moi tout se ranime : espérance et gaîté.
J'oublie, en vous voyant, malgré l'heure qui presse,
    L'ennui d'avoir été.

BRINDE POUR L'AN 1889

A mon ami N. Estier.

～～～～～

Ami, quand nous venons pour célébrer ensemble
       Votre ruban,
Dans ce doux sentiment qui chez vous nous rassemble
       D'un même élan ;
Quand de fleurs et de vers chaque convive apporte
       Son contingent,
Mon bouquet risque fort de rester à la porte,
       Comme indigent.

La fleur, on l'a toujours, pervenche ou chrysanthème,
    Dans sa saison.
Mais, pour le madrigal, il n'en est pas de même ;
    Et, la raison ?
C'est que l'on ne fait pas le vers comme la prose,
    Sans le savoir.
Il faut, chez moi du moins, pour accomplir la chose,
    Un long vouloir.
Il est vrai que le temps qu'on passe à cette escrime
    Des rimailleurs,
A serrer le corset du nombre ou de la rime,
    Est des meilleurs.
C'est le temps des oublis. Et, comme on voit l'abeille
    Qui va pillant,
Un peu sur chaque fleur, du parterre à la treille,
    Son miel brillant ;
Tel je vais emporté par la muse divine,
    Dans tous les cieux,
Courant les longs espoirs que mon rêve y butine
    Audacieux.
Je le savais, jadis, cueillir là des fleurettes,
    Sans embarras ;
Mais les bois sont coupés. Adieu, les violettes,
    Les frais lilas !
Adieu, doux verselets qu'en guirlande et couronne
    J'eusse noués

Pour celle, Nicolas, dont la grâce rayonne
        A vos côtés.
Nos jours ne sont plus faits pour la verte charmille
        Et la chanson.
Oui, les bois sont coupés ! si quelque chose y brille,
        C'est du glaçon.
Non, vrai ! l'heure n'est plus au madrigal frivole,
        Au vers léger,
Quand Wilson légifère et que Paris s'enrôle
        Sous Boulanger :
Ce bloc enfariné ne me dit rien qui vaille,
        C'est un péril.
Tandis qu'impatient le pays se travaille,
        Que donc veut-il ?
Le sais-je ? — Le sait-il ? — Et que veux-je moi-même ?
        A chaque effort,
S'embrouille l'écheveau, s'obscurcit le problème
        De notre sort.

Quatorze fois cent ans nous avions mis à faire
        Notre maison ;
Mais plus d'un, j'en conviens, pouvait bien s'y déplaire
        Sans déraison.
Si le père et l'aîné s'étaient fait place belle
        Et les plus forts,
Tous les autres, sans feu, chassés de la chandelle,
        Couchaient dehors.

Une nuit, le dix août, l'œuvre était condamnée:
    Tout fut détruit.
A-t-on, sur nouveau plan, sur nouvelle donnée,
    Mieux reconstruit ?
J'en doute, car j'entends la plainte encore acerbe
    Comme autrefois.
Faudra-t-il rebâtir ? et, suivant le proverbe,
    Bâtir trois fois ?
Ce serait dur. D'ailleurs, s'il n'est pas sans reproches,
    Absolument,
Notre toit suffit bien pour nous et pour nos proches
    Dans le moment.
Mais la direction, mais l'ordre et la méthode
    Lui font défaut ;
Chacun voudrait y vivre à sa guise, à sa mode.
    De bas en haut
C'est la confusion. Et puis, dois-je le dire ?
    Les mœurs du temps.
Teste vivrait encor s'il eût su faire rire
    Comme Constans.
Quoi qu'il en soit, c'est triste. Et, quand la conscience
    S'effondre ainsi,
Est-ce la fin de nous ? Faut-il que l'espérance
    S'envole aussi ?

Oui, j'avais espéré, quand la France trahie,
    Sur ton vaisseau,

Paris républicain, vint confier sa vie
      Et son drapeau.

Quel orage nouveau s'amasse sur nos têtes ?
      Le ciel est lourd
Et l'éclair, dans la nuit, précurseur des tempêtes,
      S'allume et court.
Est-ce au gouffre ? est-ce au port que le courant nous mène ?
      Hélas ! le port
Est loin, tandis que, là, sous la mince carène,
      S'ouvre la mort.
« Nec mergitur, » dis-tu dans ta fière devise ;
      Mais, avant toi,
Combien, sans l'arrêter, l'ont dit au flot qui brise
      Et peuple et roi.

Aidons-nous et le ciel nous aidera peut-être.
      En attendant,
Reste à tes soliveaux et crains qu'un nouveau maître
      N'ait bec ou dent.

Mais, Cassandre importun, pourquoi troubler la lie
      Des vieux flacons ?
Je ne suis pas ici, je crois que je l'oublie,
      Pour des sermons ;
Mais pour brinder. — Buvons, amis, quand le vin mousse,
      L'écume d'or

Tombe rapidement et le plaisir s'émousse
      Plus vite encor !...

Le ciel était-il donc plus clair, la mer moins terne,
      Les flots moins durs,
Lorsqu'aux jours de Tibère on sablait le falerne ?
      Destins obscurs :
Est-ce le doux Notus, dites-moi, qui s'avance,
      Ou l'ouragan ?
Ce n'est pas d'aujourd'hui que l'humanité danse
      Sur un volcan.

                              Mars 1889.

LA TERRE PROMISE

’ou vient que les plus belles choses
En ce monde durent si peu ?
Les fleurs meurent à peine écloses
Et le premier souris des roses
Est aussi leur dernier adieu.

Quelle est donc la faute commise
Qui pèse sur l'humanité ?
Verrons-nous la terre promise ;
Ou sommes-nous, comme Moïse,
Punis pour en avoir douté ?

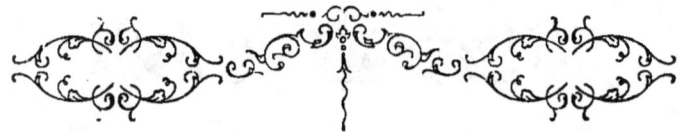

FORTITUDO

ORTE ton faix en patience,
Le poids en devient plus léger.
Comme le plaisir, la souffrance
N'est qu'un accident passager.

Le flot, au loin, profond, immense,
Se dresse pour te submerger.
A quoi sert ta désespérance ?
Crois-tu conjurer le danger ?

Pilote fort, tête à l'orage !
L'onde mugit, le vent fait rage ;
Mais à l'instant tout peut changer.

Espoir déçu. Le vaisseau sombre :
Pas un débris sur la mer sombre.
N'as-tu pas tes bras pour nager ?

LE 27 JANVIER 1889

 A mesure et le goût, ces joyaux dont la France
Se parait, où sont-ils? Le jeune souverain,
Le peuple en est encore à ses jouets d'enfance :
Un Paulus, la d'Uzès, des jupes, un refrain.

Pourtant nous l'avons vu ce que le fils d'Hortense
Fit payer sa parade et son aigle romain ;
Ce que vaut un panache, avec quelle prestance
On exploite Paris sous le casque à Mengin.

J'en rirais volontiers, c'est tout ce que méritent
Ces grands maîtres chanteurs, pîtres de carnaval.
Mais le cœur se soulève et ses fibres s'irritent

Si, de Véfour, on passe aux restaurants Duval :
Oui, le rire finit où le dégoût commence :
Boulanger est élu ! — Pauvre pays de France!

L'AUTOMNE

C E n'est plus cette hardiesse
Que nous avions vue au printemps,
Alors que la terre, en liesse,
Vidant l'écrin de sa jeunesse,
Fleurissait nos cœurs et nos champs.

Aujourd'hui, moins d'exubérance.
Chacun de nous, à ses dépens,
Apprit ce que vaut la prudence,
Ce que coûte l'expérience :
L'automne apporte le bon sens.

Quelques feuilles sont bien encore
Aux cimes des bois dépouillés
Où leur beau vert se décolore,
Comme a déjà pâli l'aurore
Sous les brumes des cieux voilés.

Mais, c'est à peine une parure :
Du petit deuil avant le grand.
Oui, l'on dirait que la nature
Cherche à modérer son allure
Et s'essaie au froid qui l'attend.

Pourquoi ne pas faire comme elle ?
Nous aurons nos hivers aussi :
Un peu moins de plume à notre aile
Et tenons le désir rebelle
Dans un cercle plus rétréci.

La vie est, à qui sait la vivre,
Toujours bonne, en toute saison ;
Sous les fleurs comme sous le givre,
C'est le chemin droit qu'il faut suivre,
Prenant pour guide la raison.

Mars valut-il jamais novembre ?
L'espoir vaut-il le souvenir ?
Devant l'âtre éclairant la chambre

Et qui jette ses reflets d'ambre
Au jour qui baisse et va finir,

C'est le tiroir d'où, pêle-mêle,
Sortent nos témoins d'autrefois,
Branche de thym, bout de dentelle,
Beaucoup de riens, mais ça rappelle
Un bonheur qui revient deux fois.

SYSIPHE

〜〜〜

Notre poids à porter
N'est-il pas assez rude ?
Faut-il que notre étude
S'applique à l'augmenter ?

Le sommet seul me tente
Et, Sysiphe nouveau,
Je pousse mon fardeau,
Qui retourne à la pente.

6

Vaut-elle un tel effort
Cette vie éphémère ?
Opulence et misère
Vont ensemble à la mort ;

Et qui sème à l'automne
N'est pas sûr de lier
L'épi qui va plier
Sous la faux qui moissonne.

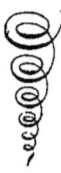

Livre Second

~~~~~

FUSAINS ET PASTELS

Amicis et Amissis.

CROQUIS DE PRINTEMPS

« Et Spatio brevi spem longam reseces... »

Dans les rayonnements du soleil qui l'inonde,
Le grand Ventoux sortant de la neige qui fond
Dessine en traits plus fins sa croupe large et ronde ;
    L'azur est plus profond.

L'amandier rassuré vient d'étaler ses perles ;
Et, partout, sous les bois comme au ciel éclatant,
Le jeune amour s'éveille à la chanson des merles...
    Si j'en faisais autant ?

La folle du logis voudrait courir la plaine,
Dans nos chemins étroits j'ai peine à la tenir.
Hélas ! combien partis de pigeons hors d'haleine
    N'ont pas su revenir !

La foudre en haut, en bas la ronce qui déchire,
Et toujours la douleur talonnant le plaisir...
L'espoir ne serait-il qu'un rêve du délire
    Amusant le désir ?

SÉRÉNADE

ANDIS que, sereine,
Suzon, dans la nuit,
La lune, la reine,
S'élève sans bruit
Et, là-haut, promène,
Splendide, sa traîne
D'étoiles qui suit ;

A l'heure où l'on cueille
Dans les printemps verts
Et qu'aux doigts s'effeuille,
Embaumant les airs,
La fleur sans seconde,
L'amour qui féconde
L'immense univers,

Si j'allais vous prendre
Et, bien loin d'ici,
Où nul puisse entendre
Et nous voir aussi ;
Si j'allais vous dire
Combien se déchire
Mon cœur de souci ?...

Là-haut tout s'arrange :
Les champs sont d'azur,
La femme est un ange,
Tout encens est pur.
Prête-moi ton aile,
Rapide hirondelle,
Grand aigle au vol sûr !

Mais pourquoi ce rêve ?
Toujours, de ce pas,
Avant qu'il s'achève,

Où n'irions-nous pas ?
Sublime brisée
D'où l'âme épuisée
Retombe plus bas...

Étrange mixture
De sucre et de fiel ;
A la fois, eau pure,
Flot torrentiel ;
Cristal dans la fange,
Le démon dans l'ange,
L'enfer dans le ciel,

L'amour la plus sûre
Nous lasse à mourir.
Pourtant, je le jure,
S'il fallait guérir,
Le regret dans l'âme,
Je verrais, madame,
La source en tarir.

Quels sont donc les charmes,
Le philtre vainqueur
Que l'on puise aux larmes ?
Énigme du cœur,
Éternel problème.

Avant tout, l'on aime,
Je crois, sa douleur.

Sur la mer profonde
Au flux agité,
Plus amère est l'onde,
Mieux on est porté,
Et, dans la nuit sombre,
L'étoile dans l'ombre
Grandit sa clarté.

UNE PAGE BLANCHE

J E vous tiens et j'en abuse,
« Cher maître, m'a-t-elle dit ;
« Mais, franchement, votre muse
« N'a plus droit à mon crédit.

« Croyez-vous qu'on puisse attendre,
« Sous l'orme, indéfiniment ?
« Une chanson, à tout prendre,
« Se bâtit en un moment.

« Longue ou courte, il m'en faut une,
« Triste ou gaie, à votre choix ;
« C'est une bonne fortune
« Que vous n'aurez pas deux fois. »

Je n'eus rien à lui répondre.
De tout temps, ma volonté,
Sous son regard, vint se fondre,
Ainsi la neige à l'été.

Et je suis devant sa table,
La tête entre mes deux mains,
Prêt à me donner au diable
Avec elle et ses quatrains.

Cependant vers moi s'élève,
Du livre où j'écris, penché,
Un parfum doux comme un rêve :
C'est sa main qui l'a touché.

Mon âme en reste saisie,
J'en ai frémi dans ma chair :
Aux fumets de l'ambroisie,
Se réveillait Jupiter !

Oui, je lui dirai la chose
Qu'il m'a fallu tant cacher ;

Depuis si longtemps je n'ose
Dans ma peur de la fâcher.

Et l'aventure est trop belle
Pour ne pas risquer le coup ;
Je tiens la plume et c'est elle
Qui m'invite à dire tout.

Pourtant voici que j'hésite.
Non, je ne parlerai pas.
Déjà, pour aller trop vite,
Combien je fis de faux pas !

Vois-tu la colombe ailée
Qui de nous vint s'approcher ?
Ah ! qu'elle est vite envolée
Dès que je veux y toucher !

Le mieux encore est d'attendre,
Comme jadis Fabius :
Les Cimbres se firent prendre
Aux lenteurs de Marius.

D'ailleurs il faut qu'en ce monde
Nos appétits soient discrets ;
Notre bonheur ne s'y fonde
Jamais que sur l'à-peu-près.

ÉROS

’ÉLEVANT de la terre et tombant de l'étoile,
Tiède encor du soleil mourant à l'horizon,
Un arome puissant l'annonce et le dévoile :
C'est lui, l'Amour, Éros, vainqueur de la raison.

Frémissement des chairs allant jusqu'à la moelle,
Élan mystérieux, étrange pâmoison !
C'est l'époux attendu, laisse tomber ton voile,
Pénélope fidèle, ouvre-lui la maison.

Mais, tu ne m'entends pas, ô chère bien-aimée !
Jusqu'à l'aigle des cieux va-t-elle la fumée ?
Et, tandis que je vais par la rue et jaloux,

A passé la saison de ces charmantes choses
Qui ne sont déjà plus dès qu'elles sont écloses,
Et ce doux printemps-là ne revient plus pour nous.

A HIPPOLYTE MATABON

Rêves qui berciez nos vingt ans,
Vieilles chansons, jeunes pensées,
Groupez vos bandes dispersées :
Au coin du feu je vous attends.

Ainsi nos mouettes lassées
Se massent loin des flots méchants ;
Et, telles, retournent aux champs
Les vapeurs du jour condensées.

Le passé nous est toujours doux :
Rires et pleurs tout s'y compense ;
Et ce temps qu'on dit si jaloux,

Dans sa superbe indifférence,
Verse lui-même sur ses coups
Le baume d'oubli qui les panse.

LE MANTEAU GRIS

Qu'un autre chante votre empire
Et vous célèbre en ses écrits,
Discrètement, moi, je soupire,
Madame, et n'ose que vous dire :
J'adore votre manteau gris.

Ce n'est d'ailleurs plus un mystère,
Ce bel amour dont je suis pris ;
En vain j'essaierais de le taire,
On le dit par toute la terre
Que j'aime votre manteau gris.

Châles tissés à Cachemire,
Ou confections de Paris,
Vous tous que le *select* admire,
Inutile de me sourire,
Je n'aime que son manteau gris.

C'est que pas un ne me dessine,
Plus fidèle, des flancs mieux pris.
C'est l'écrin d'une perle fine,
L'étui du trait qui m'assassine,
Cet adorable manteau gris.

Rien qu'à l'œil nu, d'un bout à l'autre
De cette artère paradis,
Grand rectiligne à la Lenôtre,
Je parierais trouver le vôtre
Entre cent mille manteaux gris.

Est-il de soie, est-il de laine ?
Doublé d'hermine ou petit-gris ?
Une seule chose est certaine :
Je cours après lui, hors d'haleine,
Je cours après ce manteau gris.

Course inutile, course folle !
Combien déjà l'ont entrepris,
Mais vainement, ça me console,

D'aller piquer, à l'espagnole,
Leur cocarde à ce manteau gris.

Aussi, je veux qu'on le suspende,
Un jour, relique aux saints lambris
Et que tout un peuple lui rende,
A genoux, l'honneur que commande
Un si solide manteau gris.

PASTELS D'AVRIL

DE LA TÊTE AUX PIEDS

I

UN TROU DE ROI

J'ENTENDS dire qu'elle est trop grande
Cette bouche qui m'a séduit.
Moi, je la trouve de commande :
Une boutade à la normande,
Dépit d'amoureux éconduit.

Oui, de tout temps, on a su feindre
Le dégoût pour ce qu'on n'a pas.
Serait-il à croquer, à peindre,
Le beau fruit qu'on ne peut atteindre
N'est plus bon que pour les goujats.

D'ailleurs, il faut qu'elle soit grande
La porte ouvrant sur la maison.
Convient-il, je vous le demande,
Que, toujours, l'Amour appréhende
Des garnis de contrefaçon ?

Certes ici rien n'est à craindre :
Les meubles sont de bon aloi ;
Ni fard, ni rouge pour la teindre
Et les plus délicats, sans geindre,
La tiennent pour un trou de roi.

Si je l'ai su ce que renferme
Cette bouche d'ardents souris,
Lorsque, sur nous, son bras se ferme ;
Lorsque, sous sa poitrine ferme,
Bat son cœur que l'amour a pris.

N'allez pas croire que je veuille
M'enorgueillir de l'incident.

A l'heure où la rose s'effeuille,
Pour qu'il nous en vienne une feuille,
Il suffit d'être sous le vent.

II

DEUX BÉBÉS ROSES

Vous trouvez qu'ils sont trop petits :
Qu'à ce blasphème Dieu pardonne.
Ils sont tout simplement exquis,
Ces joyaux, albâtre et rubis,
Que votre corset emprisonne.

La grosseur n'en fait pas le prix.
« Pleine la main d'un gentilhomme »
C'était leur mesure jadis
Et, lui-même, le Paradis
Fut échangé contre une pomme.

Vénus, pour amuser l'Amour,
Les aura tournés dans l'ivoire :
Au centre, une mignonne tour
S'y dresse, avec un nimbe autour,
Comme les rayons d'une gloire.

Deux bébés tout prêts à jaser,
Deux admirables bébés roses
Qu'au berceau l'on voit reposer
Et qu'on se penche pour baiser,
Comme on fleure un bouquet de roses.

Mais ce corset gêne beaucoup
Et, de plus, il les défigure.
Ah ! si je trouvais le bon bout
De ce cordon qui lâche tout :
Que diriez-vous de l'aventure ?

Les cacher ainsi, c'est mal fait ;
C'est honnête qu'on vous le dise ;
C'est un véritable forfait
Et, de tout temps, chacun le sait,
La vérité fut sans chemise.

III

CENDRILLON

AMAIS tout un trésor ne se cache en entier ;
Et, longue qu'elle soit ta jupe, je devine
Encor ton pied de fée à la cambrure fine,
Fine à rendre jaloux le ciseau de Pradier.

Si le prince Charmant eût trouvé ta bottine,
La jeune Cendrillon, ce bijou du foyer,
N'aurait pas seulement paru pour l'essayer,
La bottine à ce pied sans pareil même en Chine.

Parions qu'il tiendrait, l'autre avec, dans ma main ;
Qu'il est plus blanc que neige et plus doux que satin,
Plus léger que le vent, que la course du lièvre,

Ce pied qui m'ensorcelle et me donne la fièvre.
Comme on baise sa mule au pontife romain,
Aussi dévotement laisse y poser ma lèvre.

L'OREILLER

UR ce doux oreiller, souriant de promesses,
Mousseline embaumée au parfum que tu laisses,
L'oreiller de ton lit au duvet paresseux,
C'est là qu'il ferait bon de s'oublier à deux ;

C'est là qu'éblouissant ton œil noir étincelle,
Comme un éclair d'épée, à travers la dentelle
De tes longs cils soyeux ; c'est là que je voudrais
Avec toi toujours vivre, avec toi j'y mourrais.

Et que me fait la vie et de la voir s'éteindre,
Si j'arrive où mes vœux osent à peine atteindre ;
Si, porté dans tes bras, par les cieux radieux,
J'ai pu mouiller ma lèvre à la coupe des dieux.

Amour, premier éclair d'où jaillit la lumière,
Souffle divin poussé sur l'inerte matière,
Lorsqu'au commencement l'éternel Iavé
Anima son argile et son œuvre achevé ;

Amour, sur nous descends ! Et, qu'Aspasie en vive
Ou Juliette en meure, à notre appel arrive :
Où se compenseraient, dans nos jours dévolus,
Nos peines, s'il pouvait venir qu'on n'aime plus ?

C'est la vieille chanson toujours jeune et la même,
De la première fois jusqu'à la cent millième,
Dont le rhythme charmeur berce l'humanité,
Comme la mère endort son enfant allaité.

LA VOILETTE BLANCHE

POUR GUITARE

’HIVER est si doux qu’on dirait l’été;
Pique à ton chapeau ta violette blanche,
Comme l’aube au ciel son limbe argenté.
            Ohé !
        Gamine, ohé !
L’hiver est si doux qu’on dirait l’été.

Comme l’aube au ciel son limbe argenté.
Et puis, sous mon bras, ferme sur ta hanche,
La jupe ondulant, l’œil plein de fierté ;
            Ohé !
        Gamine, ohé !
L’hiver est si doux qu’on dirait l’été.

La jupe ondulant, l'œil plein de fierté,
Nous irons aux bois. Faut-il, c'est dimanche,
Moisir dans la ville à l'air empesté?
        Ohé !
     Gamine, ohé !
L'hiver est si doux qu'on dirait l'été.

Moisir dans la ville à l'air empesté.
C'est si beau, là-bas ! du coteau qui penche
Voir l'astre courir dans sa majesté.
        Ohé!
     Gamine, ohé!
L'hiver est si doux qu'on dirait l'été.

Voir l'astre courir dans sa majesté.
Nous écouterons chanter sur la branche
Les pinsons ravis devant ta beauté.
        Ohé !
     Gamine, ohé !
L'hiver est si doux qu'on dirait l'été.

Les pinsons ravis devant ta beauté.
Peut-être est-il bien, muguet ou pervenche,
Encor quelques fleurs au coin abrité !
        Ohé !
     Gamine, ohé !
L'hiver est si doux qu'on dirait l'été.

Encor quelques fleurs au coin abrité !
Mais, ton œil méchant, comme un fer qui tranche,
A, tout en riant, coupé ma gaîté.
            Ohé !
        Gamine, ohé !
L'hiver est si doux qu'on dirait l'été.

A, tout en riant, coupé ma gaîté,
Ma belle gaîté, ma gaîté si franche
Avant de t'aimer et d'avoir douté.
            Ohé !
        Gamine, ohé !
L'hiver est si doux qu'on dirait l'été.

LA VOISINE

I

SUR LE PALIER

 ᴇ long des escaliers, c'était lui, je le gage,
Ce parfum délicat que nous laisse au passage
Votre belle personne et qui m'enivre encor
Comme une fleur qui jette aux vents son pollen d'or.

Mais c'est un madrigal d'assez gentille allure,
Voisine, que je glisse au trou de la serrure ;
S'il vous parvient et s'il vous amuse un instant,
Payez-le d'un sourire et je serai content.

II

LE VERROU

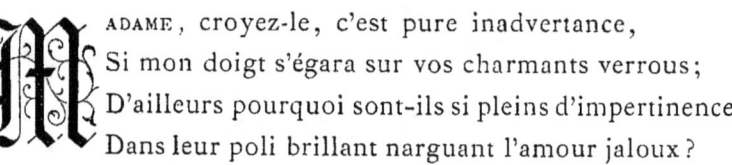

ADAME, croyez-le, c'est pure inadvertance,
Si mon doigt s'égara sur vos charmants verrous ;
D'ailleurs pourquoi sont-ils si pleins d'impertinence
Dans leur poli brillant narguant l'amour jaloux ?

« Quelque artiste fameux de Rome ou de Florence,
« Disais-je, aura, jadis, buriné ces bijoux. »
Et, naturellement, sans penser à l'offense,
Je me plaisais à voir à quel point ils sont doux.

Rien de plus, rien de moins, tout est là, je l'assure,
Et vous voudriez dessus greffer une rupture.
Voisine, y pensez-vous ? La distance, ici-bas,

A courir est bien longue et la route est bien dure !
Ensemble on est plus forts : ne nous séparons pas,
Tous deux nous appuyant sur une épaule sûre.

III

EN VISITE

NE quittez pas pour moi votre tapisserie,
Et laissez-le pencher, votre cou délicat,
Dans son duvet soyeux estompant son éclat.
Je m'assieds. Et pourvu que votre œil me sourie

Par instants, c'est assez. Hier, je vous fis peur ;
Comme un soleil trop chaud, trop d'amour vous accable.
Rassurez-vous, Madame, aujourd'hui, raisonnable,
J'ai raccourci la bride aux élans de mon cœur.

Sans trop nous devancer et sans trop nous attendre,
Nous essaierons de faire ensemble le chemin,
Vous, glanant aux buissons, votre main dans ma main,
Et moi bravant vos feux comme une salamandre.

Est-ce à dire pour ça qu'un piquant de rosier,
Qu'une branche trop longue, en passant ne vous fleure ;
Que moi-même, toujours, aussi fier, je demeure
Sans me brûler un brin à votre ardent foyer ?

8

Je n'en jurerais point. Tout ce qui porte l'aile,
De l'âme au papillon, est fuyard du repos,
Et puis un peu d'alfa grossier toujours se mêle
Au doux lin que la Parque enroule à ses fuseaux.

IV

UNE FAUSSE ALERTE

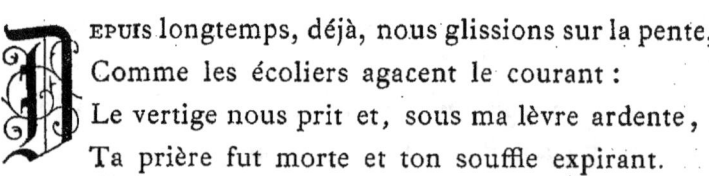

Depuis longtemps, déjà, nous glissions sur la pente,
Comme les écoliers agacent le courant :
Le vertige nous prit et, sous ma lèvre ardente,
Ta prière fut morte et ton souffle expirant.

Comment lors se fit-il, qu'à ce point défaillante,
La vertu l'emporta ? — Qui peut dire au torrent,
A la foudre qui sort du ciel étincelante,
Où leur cours finira ?... Je partis, dévorant,

A ce chaste début, mon dépit et mes larmes.
Mais le dépit est sot ; les pleurs ont peu de charmes ;
Bien plus que le remords l'amour craint la pitié.

Vrai, j'en ai fait mon deuil. Vainqueur plus qu'à moitié,
J'oubliai qu'en amour, comme au métier des armes,
On pardonne les coups, pas les fausses alarmes.

TRIOLETS

C'EST lui, c'est le joli printemps,
L'alouette a sonné l'aubade ;
L'air s'échauffe aux cieux éclatants ;
C'est lui, c'est le joli printemps !
Crois-moi, Suzon, c'est bien le temps,
Si tu veux guérir ton malade.
C'est lui, c'est le joli printemps,
L'alouette a sonné l'aubade.

Crois-moi, Suzon, c'est bien le temps,
Si tu veux guérir ton malade.
Tu l'as promis et, moi, j'attends ;
Crois-moi, Suzon, c'est bien le temps
D'essayer les gazons tentants
Et d'y risquer une glissade.
Crois-moi, Suzon, c'est bien le temps,
Si tu veux guérir ton malade.

SOUCI DÉVOT

ı la mort nous prenait, moi dans tes bras pressée
« Et toi, perdant ainsi mon salut et le tien ! »
Suzon, qui t'a soufflé cette folle pensée
Et le souci dévot de ton sort et du mien ?

A la somme de jours qui nous est dispensée,
La crainte ou le regret ne sauraient changer rien ;
Et puis, je t'aime tant, ma Suzette insensée,
Je t'aime tant et tant ! si tu savais combien !

D'ailleurs, quel mal fais-tu? Quel mal fais-je moi-même?
Est-ce un crime si grand de s'aimer... quand on s'aime?
L'amour est la clé d'or des songes radieux ;

Le souffle qu'a poussé Jéhovah sur l'argile,
Quand sortit de sa main, divinement habile,
La femme au cœur sensible et l'homme audacieux.

LES BANKSIAS

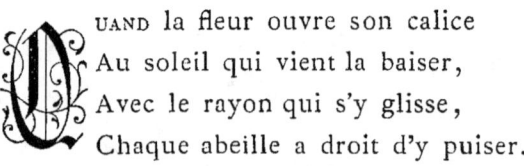

QUAND la fleur ouvre son calice
Au soleil qui vient la baiser,
Avec le rayon qui s'y glisse,
Chaque abeille a droit d'y puiser.

Ce fut, vraiment, trop de malice
D'avoir voulu seul en user.
Si tu retournes dans la lice,
Il te faudra mieux aviser.

Dans les chemins doux et faciles
Où courent les amours dociles,
Tiens-toi prudemment avec eux.

Cueille la rose sans épine :
La douleur donne triste mine,
Et l'on ne sourit qu'aux heureux.

LA GUIRLANDE

(MADRIGAL)

O juventù primavera della Vita.

OLI papillon aux ailes brillantes,
      Toutes frétillantes,
      Où vas-tu courir?
Sur nous thermidor souffle son haleine,
      Et la marjolaine,
      Qui jaunit la plaine,
      N'a plus qu'à mourir.

Mais, moi, je sais où des fleurs sont écloses,
  Devant qui les roses
   Pâlissent aux champs,
Et qui vont narguer les givres d'automne
  Et le vent qui tonne
  Sur l'eau qui moutonne
  Aux hivers méchants.

Glorieuses fleurs! royal diadème!
  C'est Flore elle-même
   Qui te composa,
Qui noua le fil souple qui te lie,
  Guirlande jolie,
  Delphine, Julie,
  Nancy, Thérésa.

N'entre pas qui veut dans ce beau parterre :
  Il faut du mystère,
   De savants circuits.
Il faut, avant tout, montrer patte blanche ;
  Mais, douce revanche,
  L'amour, là, s'épanche
  En charmants déduits.

Va, de mes avis, papillon, profite,
  Près d'elles cours vite,
  Gentil messager,

Partout l'aile passe et, là, si tu frôles
    Leurs fraîches corolles,
    Dans tes courses folles,
    Sous ton vol léger ;

Si tu bois le miel sur leurs lèvres roses,
    Ou si tu te poses,
    Fleurant leurs cheveux,
Reviens près de moi secouer tes ailes,
    Vivantes dentelles,
    Toutes pleines d'elles,
    Du parfum des cieux.

                                        1848

Ces petits vers sont d'un enfant :
Ne croyez pas que je l'oublie.
Mais faut-il donc qu'on ne publie
Que le chef-d'œuvre triomphant ?

D'ailleurs qui n'a cueilli sur les bords de sa route
Quelque petite fleur qui vous plaît un moment
Et qu'on n'ose jeter. Puis, sans que l'on s'en doute,
On la garde toujours et précieusement.

BAISERS PERDUS

ᴵᴸs de la belle Castorine
Et de Médor,
A l'exposition canine
Médaille d'or,
Plein de caprices, mais fidèle,
A point jaloux,
Votre caniche est le modèle
De nos toutous.
Pour vous fêter c'est lui qui jappe ;
Il est sans pair.

Il vient, s'en va, revient, s'échappe,
          Comme un éclair.
Aussi j'admets qu'on le bichonne
          Soir et matin,
L'hiver qu'on le caparaçonne
          De chaud satin ;
J'admets encor qu'il ait sa chaise
          A vos côtés ;
Mais si votre bouche le baise,
          C'est trop. Notez :
Grande que soit votre opulence
          En doux émois,
Il faut encor dans sa dépense,
          Mettre des lois.
Non pas que j'aime l'avarice,
          Mais, en baiser,
Comme en argent, c'est un grand vice,
          De mésuser :
Rien de perdu, rien d'inutile,
          C'est là le coin.
Pour le plus grand fou de la ville
          Et de bien loin,
Vous vous plairiez à reconnaître
          Qui jetterait
Un seul écu par la fenêtre,
          Car ce serait

Une extravagante largesse,
    Pour mal finir.
Dans un écu quelle richesse !
    Quel avenir !
C'est un dîner, c'est une stalle
    A l'Opéra,
C'est un ami que l'on régale,
    Et cœtera...
Plus que tout ça pourtant j'estime
    Tendre baiser ;
En douter ici c'est un crime ;
    Qui peut l'oser ?...
A vos pieds, deux grâces jumelles,
    Réunissez
Tout ce qu'a Londres de dentelles,
    Lyon d'ors tissés ;
Dépouillons Paris, roi du monde,
    Ajoutez-y
Rubis et perles de Golconde
    Et, vous aussi,
Gloire pour qui mon cœur soupire,
    Tous ces biens, tous,
Je les donne pour un sourire,
    Suzon, de vous !...
Si tant vaut donc tendre caresse,
    Tout comme l'or,

Ménagez cette sainte ivresse,
    Ce doux trésor.
Il vient un temps où l'on regrette
    Baisers perdus;
Un seul baiser ferait mieux fête
    Qu'un cent d'écus.

CRAYON NOIR

P OUR guéri que l'on soit, à certains jours, Madame,
C'est difficilement que l'on retient son pleur.

Le corps, quand jusqu'à l'os a pénétré la lame,
Longtemps en gardera la trace, et la douleur
Y reviendra parfois aiguë... Ainsi de l'âme.

LA RUCHE

Dans ces doux récits d'autrefois,
Ne cherche pas qui fut Suzette.
A cette demande indiscrète,
Je serais moi-même aux abois.

Aimant toujours, aimé parfois,
Un peu partout je fis ma quête ;
Ainsi la fille de l'Hymette
Cueille au printemps pour les jours froids,

Et l'hiver, quand la ruche est pleine ;
Quand fleurs du val et de la plaine
Vont se fondant au rayon d'or,

L'abeille aussi serait en peine
Pour retrouver sa marjolaine
Dans son bouquet de messidor.

POUR UN CHAT

DE HAUT LIGNAGE

~~~~~~~~~

I<small>L</small> n'est rien, chose ou personne,
Non, rien d'aussi séduisant
Qu'un jeune chat qui ronronne,
Museau rose et poil luisant.

Sous la main qui le caresse
Son œil s'ouvre par moments ;
Comme une huile, la paresse
Adoucit ses mouvements.

Mais, que l'on gratte à la porte,
Sitôt, flairant l'ennemi,
Un vent de bataille emporte
Notre superbe endormi...

C'est bien ainsi que sommeille,
Madame, dans son poil roux,
Cette petite merveille,
Votre chat qui nous rend fous ;

Car, tout différent des autres
Toujours prompts à s'emballer,
Menaces ou patenôtres,
Rien ne peut le réveiller.

C'est à peine s'il agite
Ses quatre pattes vers nous.
Certes c'est un lieu d'élite
Sa place sur vos genoux ;

Cette place où, je l'avoue,
Moi-même, si volontiers,
Comme Annibal, dans Capoue,
J'irais prendre mes quartiers !

Cependant, à ne rien faire,
Vous le verrez dépérir.

N'est-il donc que la gouttière
Ou les égouts pour courir ?

Un chat de si haut lignage
Ne part pas en casse-cou ;
Mais un exercice sage
C'est la santé du matou.

VERVEINE ET BELLADONE

Amour, étrange fleur, verveine ou belladone,
    Parfum et poison à la fois,
O toi qui nous enivre et follement couronne
    Les esclaves comme les rois !

Qui naît sans qu'on le sache et meurt sans qu'on le veuille ;
    Amour, voudrais-tu refleurir ?
Oui, qu'une fois encore, à ses pieds, je te cueille,
    Dussè-je, ô ma fleur, en mourir !

SOUS LA CHANDELLE

〜〜〜〜〜

C'EST à le croire, ce qui luit
Fatalement nous ensorcelle.
Que de papillons, chaque nuit,
Arrivent à notre chandelle !

Vainement sa flamme les cuit :
Ils y reviennent de plus belle,
Et tous iront grossir, sans bruit,
L'hécatombe qui s'amoncelle.

N'est-ce pas le même circuit
Que moi-même, le jour, la nuit,
Je m'en viens décrire autour d'elle ?

Je l'ai su pourtant s'il en cuit !
C'est à le croire, ce qui luit
Fatalement nous ensorcelle.

UN ADIEU

APILLON, battu par l'orage
Et tombé de l'éther vibrant,
Traînant l'aile, à bout de courage,
Un jour tu m'arrivas mourant.
Vainement j'ai doré ta cage,
C'est toujours la prison d'avant.
Un coin du ciel vaut davantage ;
Ton aile est faite pour le vent :
Bon voyage !

Certes je prévois quelque peine
A ce départ ; mais, franchement,
Pouvais-je, d'un âme sereine,
Te priver d'air, ton élément ?
Il t'appartient d'être volage,
Comme au tigre d'être méchant ;
Toujours ira l'aigle au nuage,
Toujours le fleuve aux mers descend.
      Bon voyage !

Mais, la route une fois choisie,
Il ne faut point s'en écarter ;
Les sentiers de la fantaisie
Sont toujours durs à remonter :
J'en suis l'exemple. Au fond, j'enrage ;
Je pleure sur un rhythme gai.
Quittons-nous, j'en ai le courage ;
Qui sait si demain je l'aurai ?
      Bon voyage !

LE CHRYSANTHÈME

J E sais une fleur de l'automne
Dont le printemps serait jaloux.
Gloire à la terre qui la donne !
Heureux celui qu'elle couronne :
C'est le souvenir tendre et doux.

Délicate fleur que l'on cueille,
Dévotement, à deux genoux ;
Mais, qu'on prenne garde à sa feuille ;
Elle a souvent, pour qui l'effeuille,
Des piquants plus durs que le houx.

Moi, je l'ai prise et je la garde,
Riche hôtesse à mon front pâli ;
Longtemps j'en ai fait ma cocarde ;
Oui, je l'ai prise et je la garde,
Madame, malgré votre oubli.

Vienne l'hiver et son escorte
De frimas rogues et perclus ;
Vienne la mort, ah ! que m'importe !
Le doux souvenir que j'emporte,
Ma fleur, ne me quittera plus.

ÉTUDES

I

A CHLOÉ

Vitas hinnuleo me similis...

Coupé par les chasseurs, tout à son épouvante,
Sautant bois et ravins, vers sa mère bêlante
    Et qui l'appelle dans la nuit,
    Chloé, le jeune faon s'enfuit.

Si les lézards surpris, sous le gazon, se glissent,
Son cœur bat à se rompre et ses genoux fléchissent,
    Ou si l'ombre du peuplier
    S'agite au travers du sentier.

Mais toi, pourquoi courir ? Suis-je un lion colère,
Ou même un simple loup ? Non ! c'est le saint mystère,
    Chloé, c'est la voix de l'époux
    Qui prie et qui t'attend, jaloux.

II

A LYDIE

            ... Aridas frondes hiemis sodali
               Dedicet Hebro.

A nos méchancetés le ciel rend la pareille ;
C'est le juste retour des choses d'ici-bas.
Tu ne les entends plus chanter à ton oreille
Ces appels à ta porte, au bruit sourd de nos pas ?
    « Tu dors, Lydie, et moi, je veille ! »

Déjà tu le connais ce mal qui nous pâlit
Et la fièvre qui brûle et l'insulte à la rue,
Quand la vieillesse y court les fuyards de son lit ;
Ces affres du silence et, dans l'ombre accourue,
    Le vide dont le cœur s'emplit.

La jeunesse ne veut que fleurs fraîches comme elle.
Regarde-la passer aux sons des instruments :
Les Ris et les Amours font cortège à la belle
Et, pour mieux l'admirer, l'inexorable Temps
    Semble avoir ralenti son aile.

Comment veux-tu qu'elle ente à ses longs rameaux verts
Les bâtons desséchés de tes roses fanées ?...
Le Rhône impétueux, qui descend vers les mers,
Combien roule-t-il pas de feuilles entraînées,
    Mortes au souffle des hivers ?

III

HORACE ET LYDIE

Donec gratus eram ...

HORACE

Du temps où je savais te plaire,
    Alors qu'il était tout à moi,
Rien qu'à moi ton beau corps, tout ce temps-là, ma chère,
    J'ai vécu plus heureux qu'un roi.

LYDIE

Tant que je fus seule adorée,
Alors que venait après moi
Cette même Chloé que tu m'as préférée,
J'ai vécu fière sous ta loi.

HORACE

C'est vrai, je t'oubliai pour celle
Après qui l'on me voit courir,
Pour Chloé la chanteuse et, sur un signe d'elle,
Je peux, s'il lui plaisait, mourir.

LYDIE

Du jeune Ilas folle et ravie,
Moi, j'aime aussi jusqu'à mourir ;
Pas une fois mais cent, je donnerais ma vie
Pour lui, l'empêcher de souffrir.

HORACE

Mais si l'amour que tu crois morte
A ton souffle se rallumait,
Ta rivale chassée, aujourd'hui, si ma porte
A toutes autres se fermait ?

LYDIE

Il est, lui, plus beau que l'Aurore,
Toi, rude et changeant, je le sais ;
Cependant, près de toi, je voudrais vivre encore,
Heureuse aussi bien j'y mourrais.

LA ROUTE SÛRE

~~~~~~~~~

Nous faudra-t-il toujours dans notre âme inquiète,
Hôteliers méfiants, héberger le soupçon ;
Toujours douter de tout avant qu'elle soit faite,
Comme l'agriculteur, trembler pour sa moisson
Et sans cesse courir à nouvelle leçon ?...

D'ailleurs, pourquoi tarder sur ces routes brûlantes,
Où se traîne aux buissons, arraché sous l'effort,
Le doux manteau d'hiver de nos brebis bêlantes?
Beaux rêves dispersés, votre coureur est mort,
Mais de sa cendre est né l'homme nouvel et fort.

A vous seuls désormais je resterai fidèle,
Mes livres, compagnons si longtemps délaissés;
Nous allons faire ici connaissance nouvelle:
Les pins sont abattus et leurs troncs écorcés
Jaunissent en séchant au soleil, entassés.

Venez, je vous convie à la chaude veillée
Où la cendre s'effrite aux bois longs et menus;
Tandis qu'aux yeux mi-clos, à l'âme émerveillée,
Surgit le spectre aimé de ceux qui ne sont plus
Et que, dehors, le vent pleure aux arbres chenus.

Il ne faut plus, chez moi, ni haines ni querelles :
Horace de Platon est devenu l'ami;
La Fontaine dira ses fables immortelles,
Et, près d'eux, Rabelais, entr'ouvert à demi,
Sourit à Bossuet sur Voltaire endormi.

Et quand l'aube vermeille, à travers ma croisée,
Glissera ce rayon où l'espérance luit,
Sur mes papiers épars, sous ma lampe épuisée,

Dans ce savant désordre où le travail conduit,
Vous irez dire au jour nos amours de la nuit.

Le rendez-vous est là : La route est réparée.
A défaut de courage, armons-nous de fierté.
De ce temple où je l'ai saintement adorée,
L'idole a disparu ; mais la divinité,
L'amour, rêve éternel qui nous berce, est resté.

REMEMBER

Nous parlions du passé, je vous donnais le bras,
Nous attardant ainsi dans notre marche lente ;
Quand ma main, sous le schall, prit votre main tremblante.
« Vous souvient-il, Suzon, vous disais-je, tout bas.

« Quels bouquets nous faisions aux beaux jours des lilas ;
« Et quels soins je mettais, sur l'écorce brillante,
« A graver votre nom ? » Et, de ma main brûlante,
Votre main, sous le schall, ne se retirait pas.

Ma voix s'était éteinte ainsi que ma pensée ;
Je buvais, à travers la voilette baissée,
Votre souffle arrivant dans ma poitrine en feu.

Suzon, voudriez-vous pas vous souvenir un peu ?
Si les lilas sont morts, d'autres fleurs sont écloses,
Et j'arrive à vos pieds les bras chargés de roses.

MON LOT

Au jour naissant dans la prairie,
Avec fauvettes et pinsons,
J'ai semé ma gaîté fleurie
Et les trilles de mes chansons.

Plus tard, sous ma gerbe mûrie,
A plié le char des moissons ;
Mais rien ne vaut la rêverie
Où, vieux enfants, nous nous berçons.

Sous l'orme épais, quand le jour baisse,
C'est le nid rempli de tendresse,
La grève où dormira le flot ;

C'est, près de toi, moi que tu gâtes,
Tenant tes deux mains délicates
Et le ciel jaloux de mon lot.

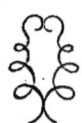

AU COIN DU FEU

DÉCEMBRE

R ÉALITÉ, rêve ou démence,
Je fus autrefois transporté
Au milieu d'une terre immense :
Et j'ai gardé la souvenance
Des beaux fruits auxquels j'ai goûté.

Lorsque, des frondaisons nouvelles,
Deux sœurs par leurs grâces jumelles
Sortirent au-devant de moi :
« Maître, salut ! » me dirent-elles,
« Ce riche domaine est à toi.

« Suis-nous ; nous pouvons te conduire
« Aussi loin qu'ira ton désir ;
« Pour te charmer, pour te séduire,
« N'entends-tu pas le ruisseau bruire ?
« Vois la rose s'épanouir. »

Et j'allai devançant mes guides,
Glissant sur les pentes rapides,
M'élevant aux parois du mont.
Que de fois, de perles humides,
La fatigue mouilla mon front !

« Assieds-toi là, » dit mon escorte,
« Que veux-tu mieux que ce coteau ? »
Mais une voix intime et forte,
Ranimant ma volonté morte,
Me criait : « Plus loin c'est plus beau. »

La course, un moment, fut terrible.
« Va ! » disait la voix inflexible.

Où donc faudra-t-il l'étancher
Ma soif ardente, inextinguible ?
Moïse, où donc est ton rocher ?

A la fin, ma force épuisée,
Je m'arrêtai les pieds raidis.
Je crus que mon âme brisée
Quittait son enveloppe usée :
Je crus mourir et j'attendis.

Mais, près de moi, mes immortelles,
Mes deux guides, mes sœurs jumelles
Soutinrent mon buste fléchi ;
Je sentis s'agiter leurs ailes ;
Mon sang brûlant fut rafraîchi.

Et, sur mon cœur, déjà pâlie,
Une fleurette qu'en passant
J'avais, dans la plaine, cueillie,
Redressa sa tige amollie
Et je la vis reverdissant.

— Qui donc êtes-vous, m'écriai-je,
O vous, dont le bras me protège
Et devant qui fuit la douleur ?
Vous, dont le souffle fond la neige,
Qui pouvez ranimer la fleur ?

Ah ! ce matin, dans la vallée
Que n'ai-je écouté vos avis !
Ici la terre est désolée ;
La nuit descend morne et voilée ;
Où donc poser mes pieds meurtris ?

« Qui je suis ? je suis l'Espérance,
« Hôtesse de l'éther immense,
« En vain tu veux me retenir, »
Dit l'une ; mais, sans défiance,
L'autre s'assied, le Souvenir.

AU LECTEUR

Sic parvis componere magna...

〜〜〜〜

ᴇᴄᴛᴇᴜʀ sois indulgent. » Langage de conscrit !
    Mais, le thème à la mode,
Ce thème que chacun de nous retourne et brode
    En signant son écrit.

Quel avantage a-t-on à se faire petit ?
    Une sotte méthode
Et le chemin direct, qui mène à l'antipode
    Du but que l'on poursuit.

L'enfant n'est-il donc pas toujours beau pour sa mère?
Et le vin toujours bon et bonne aussi la bière,
Du moins sur l'étiquette et dans les prospectus?...

Assez vite, de nous, s'envole l'Espérance !
J'aime mieux le latin disant de confiance :
Exegi monumentum ære perennius.

TABLE DES MATIÈRES

LIVRE PREMIER

EAUX-FORTES ET BURINS

LIVRE SECOND

~~~

FUSAINS ET PASTELS

www.ingramcontent.com/pod-product-compliance
Lightning Source LLC
Chambersburg PA
CBHW051133260626
47170CB00005B/1797